AF312361

9 novembre 1897
V

2me Vente A. BEURDELEY

Les Mardi 9, Mercredi 10, Jeudi 11 et Vendredi 12 Novembre 1897

A DEUX HEURES PRÉCISES

5, RUE DEBELLEYME, 5

MODÈLES

POUR

BRONZES D'ART

Meubles de Style, de Grande Décoration

ET ORFÈVRERIE

AVEC DROIT DE REPRODUCTION

PROVENANT

De la Maison A. BEURDELEY

Fabricant de Bronzes et d'Ébénisterie d'Art

PAR SUITE DE CESSATION DE FABRICATION

EXPOSITION PUBLIQUE

Les Dimanche 7 et Lundi 8 Novembre 1897

DE 10 HEURES DU MATIN A 4 HEURES DU SOIR

COMMISSAIRE-PRISEUR

Me Frédéric LECOCQ

Rue Richer, 41

EXPERTS

M. A. DACHERY	M. LE MAIRE DEMOUY
7 Rue des Filles-du-Calvaire	Rue de l'Université, 10

PARIS — 1897

IMPRIMERIE MAULDE ET RENOU

—

MAULDE, DOUMENC & Cie

IMPRIMEURS DE LA COMPAGNIE DES COMMISSAIRES-PRISEURS

Rue de Rivoli, 144. — Paris

CATALOGUE

DES

MODÈLES

POUR

BRONZES D'ART

Meubles de style, de Grande Décoration

ET ORFÈVRERIE

AVEC DROIT DE REPRODUCTION

Groupes, Statuettes, Pendules, Candélabres
Girandoles, Lustres, Flambeaux, Torchéres, Chenets
Bureaux, Commodes
Meubles, Vitrines, Tables, etc.

PROVENANT

De la Maison A. BEURDELEY

Fabricant de Bronzes et d'Ébénisterie d'Art

PAR SUITE DE CESSATION DE FABRICATION

Dont la 2me Vente aux enchères publiques aura lieu

5, RUE DEBELLEYME, 5

Les Mardi 9, Mercredi 10, Jeudi 11 et Vendredi 12 Novembre 1897

A **DEUX** HEURES **PRÉCISES**

COMMISSAIRE-PRISEUR

Me Frédéric LECOCQ

Rue Richer, 41

EXPERTS

M. A. DACHERY	M. LE MAIRE DEMOUY
7, Rue des Filles-du-Calvaire	Rue de l'Université, 10

EXPOSITION PUBLIQUE

Les Dimanche 7 et Lundi 8 Novembre 1897

DE 10 HEURES DU MATIN A 4 HEURES DU SOIR

PARIS — 1897

CONDITIONS DE LA VENTE

Elle sera faite **au comptant**.

Les acquéreurs paieront **cinq pour cent** en sus du prix d'adjudication.

Ils seront tenus de prendre la **Fonte brute** existant pour certains modèles, au prix de **2 fr. 50 le kilogramme**.

Le **Poids de fonte** sera indiqué au moment de la mise en vente de ces modèles.

La **livraison** mettant les acquéreurs à même de vérifier l'état des objets vendus, de même que les quantités ou poids énoncés, il ne sera admis aucune réclamation une fois la **livraison opérée**.

TABLE

AVIS. — Le Local est à louer.

Maulde, Doumenc et Cⁱᵉ, imprimeurs de la Cⁱᵉ des Commissaires-Priseurs
rue de Rivoli, 144.   800—69708

DEUXIÈME VENTE

DÉSIGNATION

GROUPES

400 — Groupe **trois Enfants** supportant une vasque.

401 — Groupes **trois Enfants vendangeurs**.

Par Delarue.

Haut. 0^m32.

402 — Groupes **trois Enfants vendangeurs au tonneau**.

Par Delarue.

Haut. 0^m32.

403 — Groupe **Enfants à la conque**.

Par Delarue.

Haut. 0^m24.

403 *bis* — Groupe **Enfants aux raisins.**

Par Delarue.

Haut. 0^{m}24.

404 — Groupe **le Jour et la Nuit.**

Par Michel-Ange.

Haut. 0^{m}3o.

405 — Groupe **cinq Enfants Collin-Maillard.**

Haut. 0^{m}17.

406 — Groupe **Enfant sur hippocampe,** pour jet d'eau.

Haut. 0^{m}67.

407 — Groupe **Enfants marmousets, la Chasse.**

Château de Versailles.

408 — Groupe **Enfants marmousets, la Pêche.**

Château de Versaïlles.

409 — Groupe **Faunesse et Faunillon.**

Par Clodion.

Haut. 0^{m}3o.

STATUETTES

---

410 — **Grande Figure,** l'Aurore.

Haut. 0^{m}75.

411 — Statuette **l'Amour.**

Par BOUCHARDON.

Haut. 0m55.

412 — Statuette **Jeune Fille garde à vous.**

Par FALCONNET.

Haut. 0m68.

413 — Statuette **Femme assise au tambour de basque.**
Époque de Louis XV.

Haut. 0m34.

414 — Statu ette **Enfant couronné de pampre.**

Haut. 0m40.

414 *bis* — Statuette **Petite Fille Cérès.**

Haut. 0m40.

415 — Statuette **la Fortune.**

Rome, 1797.

Haut. 0m44.

(Le Modèle est ancien).

416 — Statuette **Temps couché sur des nuages.**

Haut. 0m21.

417 — Statuette **Petite Fille garde à vous.**

De FALCONNET.

Haut. 0m27.

418 — Statuette **Premier Chagrin.**

Par PIGALLE.

Haut. 0m27.

419 — Statuette **Marie Lezinska.**

Par Coustou.

Haut. 0^m31.

420 — Statuette **Chinois assis.**

D'après Leprince.

Haut. 0^m52.

(Le Modèle est ancien).

421 — **Enfant couché, l'Étude.**

Par François.

Haut. 0^m20.

422 — **Enfant couché à l'oiseau.**

Par François.

Haut. 0^m20.

423 — Trois Figures d'**Enfants,** dont deux la main sur le cœur.

424 — **Enfant Louis XV,** debout.

425 — Statuette **la Frileuse.**

Haut. 0^m50.

BUSTES

426 — Petit Buste de **Garçon cheveux frisés.**

427 — Buste **Petite Fille chignon et natte.**

PENDULES

428 — Pendule **Louis XIV,** tout bronze, Renommée.

429 — Pendule **Louis XIV,** Vénus à la coquille.

430 — Grande Pendule **Louis XIV,** Trois Parques.

Château de Windsor.

431 — Pendule **Louis XIV,** marqueterie de Boule, le Temps aux balances.

432 — Pendule **Louis XIV,** basse, grand cadran à soleil.

Collection Richard Wallace.

433 — Grande Pendule **Louis XIV,** tritons, bronze et marqueterie.

434 — Pendule **Louis XIV,** écaille, chute coq.

Collection San Donato.

435 — Grande Pendule **Louis XV,** trophée instruments de musique.

436 — Pendule **Louis XV,** Enfant berceau.

437 — Pendule **Louis XV,** sur socle, couronnement Hercule enfant.

438 — Pendule **Louis XV,** Éléphant et Chinois au parasol.

439 — Pendule **Delafosse,** vase à cadran tournant, socle carré à quadrillé.

440 — Pendule **Delafosse,** Enfant liseur.

441 — Petite Pendule **Delafosse,** à pilastre rond, couronnement vase à fleurs.

442 — Grande Pendule **Delafosse,** forme vase, anses tête de faune, guirlandes de fleurs.

443 — Pendule **Delafosse,** cage carrée, à grecque.

444 — Pendule **Delafosse,** tête de lion à draperie, socle à balustre.

445 — Pendule **Louis XVI,** forme vase, piédouche à laurier.

446 — Grande Pendule **Louis XVI,** Femme lisant.

447 — Pendule **Louis XVI,** l'Amour couronnant la Fidélité.

448 — Pendule **Louis XVI,** couronnement à rinceaux, consoles à double rinceaux.

Par Forty.

449 — Pendule **Louis XVI,** Enfant étude.

Coq servant à modifier le couronnement.

Deux modèles.

450 — Pendule **Louis XVI**, à grosses consoles, trophée, couronne de roses et flèches.

451 — Grande Pendule **Louis XVI,** deux enfants soutenant l'entablement.

452 — Pendule **Louis XVI,** deux aigles.

Château de Trianon.

453 — Pendule **Louis XVI,** Liseur et Liseuse, couronnement aigle.

Figure par FALCONNET.
Musée de Sèvres.

454 — Grande Pendule **Louis XVI,** Amour et Bacchante.

Figures par MARIN.

455 — Pendule cage **Louis XVI,** régulateur de cabinet.

Par LEPAUTRE.

456 — Pendule **Louis XVI,** à consoles.

Par GOUTHIÈRE.
Château de Saint-Cloud.

457 — Petite Pendule **Louis XVI,** Mars et Amour.

458 — Pendule **Louis XVI,** cornes d'abondance, trophée couronne de roses.

459 — Pendule **Louis XVI,** forme vase, anses dauphins souffleurs.

460 — Pendule **Louis XVI**, pilastre à volute et griffes de lion, couronnement vase à fleurs.

461 — Grande Pendule **Louis XVI,** deux femmes, vase et enfant, sur grand socle à musique.

Château de Fontainebleau.

462 — Pendule **Louis XVI,** Enfant messager.
Un modèle de fonte de fer pour la pratique.

463 — Pendule **Louis XVI,** le Sacrifice à l'Hymen.

464 — Pendule **Louis XVI,** 3 enfants, pour marbrerie.

465 — Pendule **Louis XVI**, consoles unies, bas-relief Enfants au cœur.

466 — Pendule **Louis XVI,** à pilastre cannelé et console à feuilles.

467 — Petite Pendule **Louis XVI**.
Par Cotteau.

CANDÉLABRES

468 — Girandoles **Louis XIV,** trois Sphinx.

Par Bérain.
École des Beaux-Arts.

469 — Petit Candélabre **Louis XV,** Enfant villageois.
Bouquet lys.

470 — Candélabre **Delafosse,** Enfants portant des lumières variées.
'Partie et contre-partie.

471 — Candélabre **Louis XVI,** cassolette à trépied, tête de faune, 5 lumières.

472 — Candélabre **Louis XVI,** 10 lumières.

473 — Candélabre **Louis XVI,** femme mi-drapée.
Bouquet de roses.
Partie et contre-partie.

474 — Grand Candélabre **Louis XVI,** vase ovoïde.
Bouquets à rinceaux.
Château de Fontainebleau.

475 — Candélabre **Louis XVI,** petits enfants courant.
Bouquet pavots 3 lumières.

476 — Candélabre **Louis XVI,** Enfants dansant.
Partie et contre-partie.
Bouquet pavots 3 lumières.

477 — Candélabre **Louis XVI,** Enfant portant une corbeille.
Partie et contre-partie.
Bouquet 5 lumières.
N° 1.
N° 2.

2.

478 — Candélabre **Louis XVI**, deux femmes accouplées.

Bouquet 6 lumières à aigle, bas socle à bas-relief.

479 — Candélabre **Louis XVI**, trépied têtes d'aigle.

Bouquet 8 lumières, branches têtes de coq.

480 — Candélabre **Louis XVI,** à figure de femme.

Par MARIN.

Bouquet 6 lumières à tête d'aigle.

481 — Candélabre **Louis XVI,** vase arbrerie à anse tête de bélier et draperies.

Bouquet 3 lumières tulipes.

482 — Candélabre **Louis XVI,** vases à anses Enfants pipeaux.

Bouquet 5 lumières.

483 — Candélabre **Louis XVI**, deux bacchantes tenant un bouquet de lys.

484 — Grand Candélabre **Louis XVI,** trépied à draperie.

Collection du Mobilier National.

485 — Candélabre **Louis XVI,** trépied à faunesse et console tête d'aigle.

486 — Petit **Satyre** marchant.

GIRANDOLES

487 — Girandole **Louis XIV,** Satyre et Bacchante, peau de tigre, 5 lumières.

488 — Girandole **Louis XIV,** Satyre, Bacchante et Amour.

Bouquet 4 lumières.

489 -- Girandole **Louis XV,** 3 lumières, pour figures de Saxe.

Partie et contre-partie.

490 — Grande Girandole **Louis XVI,** à 3 lumières.

Grosses Consoles à volutes pour marbre.

Par DELAFOSSE.

491 — Candélabre **Louis XVI,** pied rond, balustre à perles, branches têtes de chèvres et cassolette.

(Le Modèle est ancien).

BOUTS-DE-TABLE

492 — Bout-de-Table à 2 lumières **Louis XV,** à branches tournantes.

493 — Bout-de-Table **Louis XVI,** Enfant assis, deux lumières, sur fût de colonne.

FLAMBEAUX

494 — Flambeau **Louis XIV**, pied balustre et bobêche
à fleuron.

> Hôtel de Chimay.

    N° 1.
    N° 2.

495 — Flambeau **Louis XIV,** balustre triangulaire
têté d'ange, pied à six pans.

496 — Flambeau **Louis XIV**, balustre à trois gaines,
tête de bélier, pied à canaux.

497 — Petit Flambeau **Louis XV**, balustre à coquille.

498 — Flambeau **Louis XV**, coquille à fleurs de Saxe,

499 — Flambeau **Louis XV**, balustre côtes à guirlandes
de laurier.

500 — Flambeau **Delafosse**, balustre trois têtes de lion,
pied à laurier.

501 — Flambeau **Delafosse,** à gaine carrée, tête de
satyre, pied à ressauts et rosaces.

502 — Petit Flambeau **Louis XVI,** vase ovoïde à
canaux et anneaux.

503 — Flambeau **Louis XVI,** trois consoles tête de
bélier, thyrse lierre, pied à console.

> Par FORTY.

504 — Flambeau **Louis XVI**, balustre et flambeaux à
piastres.

505 — Flambeau **Louis XVI**, pied à feuille d'acanthe,
balustre à chapiteaux.

506 — Flambeau **Louis XVI**, balustre et pied à tigettes,
bobèche feuille d'eau tournante.

507 — Flambeau **Louis XVI**, à trois cariatides engagées,
pied trois écussons.

508 — Flambeau **Louis XVI**, Enfant porteur, bobèche
feuille d'acanthe.

509 — Flambeau **Louis XVI**, pied trois consoles à
grecque et bas-relief cassolette.

510 — Flambeau **Louis XVI**, à tête de béliers, trois
consoles.

511 — Flambeau **Louis XVI**, gaine corps de femme
avec marbrerie.

512 — Petit Flambeau bas **Louis XVI**, trépied à trois
têtes de bélier, pied trilobé.

513 — Flambeau **Louis XVI**, colonne basse ronde.

514 — Flambeau **Louis XVI**, vase œillets.

Petit Trianon.

515 — Petit Flambeau cassolette **Louis XVI,** à trépied pied de biche, pied feuille d'acanthe et canaux.

516 — Flambeau **Louis XVI,** Fille et Garçon, branches de roses.

FLAMBEAUX-BOUILLOTTES

517 — Flambeau-Bouillotte **Delafosse,** 2 lumières montées sur fût de colonne.

518 — Flambeau-Bouillotte **Louis XVI,** pied à feuilles d'acanthe, plateau trois bobèches.

BOUGEOIRS

519 — Bougeoir **Régence,** à six pans.

520 — Bougeoir **Louis XVI,** à guirlandes de roses.

RÉGULATEURS

521 — Régulateur **Louis XV.**

Par J. CAFFIERI.
Château de Versailles.

522 — Grand Régulateur **Louis XVI,** fronton à soleil.

Par CARLIN.

Château de Windsor.

523 — Grand Régulateur **Louis XVI**, fronton deux figures de femme et obélisque à méridienne.

Par COTTEAU.

Collection Richard WALLACE.

BAROMÈTRE ET THERMOMÈTRES

524 — Grand Baromètre **Louis XVI,** forme lyre, avec frise et palmes de laurier.

525 — Thermomètre **Louis XVI,** à sphère terrestre.

Conservatoire des Arts et Métiers.

CARTELS

526 — Petit Cartel **Louis XIV.**

Par THURET.

527 — Grand Cartel **Régence,** à deux enfants, chutes de roses.

528 — Cartel **Régence,** à femme et deux enfants.

Par J. CAFFIERI.

529 — Cartel **Louis XV**, Minerve.

530 — Cartel **Louis XV,** cul-de-lampe à fleurs.

531 — Grand Cartel **Louis XV,** a dragon et chutes de fleurs.

532 — Grand Cartel **Louis XV,** chute de fleurs à nœud de ruban.

533 — Cartel **Delafosse,** Enfant à la sphère et Coq.

534 — Grand Cartel **Delafosse,** avec console Génies ailés.

535 — Grand Cartel **Delafosse,** à culot feuille d'acanthe et couronnement sphère astronomique.

536 — Grand Cartel **Delafosse,** forme lyre.

Collection d'Armaillé.

LUSTRES ET PLAFONNIERS

537 — Lustre **Renaissance,** 30 lumières, disposé pour l'électricité.

Plafonnier extrait du lustre.

538 — Lustre **Louis XIV,** à vase, 4 lumières.

539 — Lustre **Louis XIV,** uni, à cristaux, 40 lumières.

540 — Lustre **Louis XIV,** uni, à plaquettes.

Château de Versailles.

N° 1, 24 lumières.
N° 2, 8 lumières.

Modèles en bois pour cristaux d'enfilage.

541 — Plafonnier **Louis XIV,** à quatre consoles enfants.

542 — Lustre **Louis XV.**

Par Caffieri.
Bibliothèque Mazarine.

543 — Lustre **Louis XVI,** à l'électricité, figures de Tritons et de Naïades.

544 — Lustre **Louis XVI,** tête de satyre.

545 — Lustre **Louis XVI,** à l'électricité, à 10 lumières, vase à couronne de fruits, pavillon à feuilles d'acanthe.

TORCHÈRES

546 — Grande Torchère **Louis XVI,** faune et faunesse.

De Clodion.

Bouquets à feuilles d'acanthe.

Palais Royal de Madrid.

547 — Grande Torchère **Louis XVI,** deux enfants accouplés.

Bouquet fleurs de lys.

LANTERNES

548 — Lanterne **Louis XIV,** conque à six pans, à têtes de lion.

    N° 1.
    N° 2.
    N° 3.
    N° 4.

549 — Grande Lanterne **Louis XV,** cinq verres, moulure plate et consoles.

550 — Lanterne **Delafosse,** à contours et guirlande de laurier.

551 — Lanterne **Louis XVI,** à cariatides femmes.

Collection HAMILTON.

552 — Grande Lanterne **Louis XVI,** couronne à oves, frises à laurier.

Même modèle plus petit et uni.

BRAS

553 — Petit Bras **Louis XIV,** 1 lumière, applique ronde à médaillon.

554 — Bras **Louis XIV,** 1 lumière, appliques à deux enfants supportant une corbeille de fruits.

555 — Bras **Régence,** branche contournée à caïman.

Partie et contre-partie.

556 — Bras **Régence,** à 2 lumières, branche à feuilles et fleurons.

Partie et contre-partie.

557 — Grand Bras **Régence,** à 3 lumières, branches enroulées et étagées.

Partie et contre-partie.

558 — Grand Bras **Louis XV,** à 3 lumières.

Par J. CAFFIERI.

Château de Fontainebleau

559 — Bras **Louis XV,** à 2 lumières, branche à enroulements concentriques.

560 — Grand Bras **Louis XV,** à 3 lumières, branches fleuries.

561 — Petit Bras **Louis XV,** à 3 lumières, branches ajourées.

562 — Bras **Louis XV,** à 2 lumières, applique rocaille.

563 — Bras **Louis XV,** à 1 lumière, applique peau tirée, branche contournée.

564 — Bras **Delafosse,** à 3 lumières, applique enfant cariatide.

565 — Bras **Delafosse,** à 4 lumières, appliques à canaux et tête de bélier. vase à canaux tors.

566 — Bras **Louis XVI,** à carquois, branche à cornet, 2 lumières.

567 — Petit Bras **Louis XVI,** à 2 lumières, Enfant pipeaux.

568 — Grand Bras **Louis XVI,** à 3 lumières, applique à tête de bélier et vase à têtes de satyres.

Collection San Donato.

569 — Bras **Louis XVI,** à 3 lumières, applique laurier et rubans, branches serpents.

570 — Bras **Louis XVI,** à 3 lumières, applique et vase à canaux.

571 — Bras **Louis XVI,** à 3 lumières, applique à lauriers croisés et nœud de ruban.

572 — Bras **Louis XVI,** à 3 lumières, applique lyre à tête de faune, branche à bobèche fruits.

573 — Bras **Louis XVI,** à 2 lumières, applique à gaine d'enfant et guirlande de fleurs.

574 — Bras **Louis XVI,** à 2 lumières, applique gros nœud de ruban, branches à canaux.

Modèle disposé pour une lumière, applique à plat et d'angle.

575 — Bras **Louis XVI,** à 3 lumières, cors de chasse, applique torche et carquois.

576 — Bras **Louis XVI,** à 3 lumières, vase ovoïde à rinceaux et têtes de faune.

Chambre de la Reine. Petit Trianon.

577 — Bras **Louis XVI,** à 4 lumières, applique faune et faunesse, chute à feuille et culots.

578 — Petit Bras **Louis XVI,** à 2 lumières, branche à feuille d'acanthe, vase uni.

579 — Grand Bras **Louis XVI,** à 3 lumières, applique à ruban, nœud, feuilles de chêne et de laurier, branche à feuille d'acanthe.

580 — Bras **Louis XVI,** à l'électricité, à 2 lumières, applique à triton et naïade tenant une conque.

Allant avec le lustre n° 543.

581 — Bras **Louis XVI,** à coq et médaillons, 3 lumières.

Partie et contre-partie.

582 — Bras **Louis XVI**, à l'électricité, à 3 lumières,
vase à têtes de femme, applique rubans.

Allant avec le lustre n° 545.

CHEMINÉES

583 — Grande Cheminée **Louis XIV**, à mufles de lion.

Château de Richelieu.

584 — Cheminée **Delafosse**, frise chêne.

585 — Cheminée **Louis XVI**, grandes cariatides.

Par CLODION.

586 — Cheminée **Louis XVI**, à colonnes.

587 — Cheminée **Louis XVI**, frise à vigne.

Par GOUTHIÈRE.

588 — Cheminée **Louis XVI**, Enfants frileux.

Palais de Versailles.
Bibliothèque du Roi.

CHENETS

589 — Chenets **Louis XIII**, Enfant porteur.

590 — Chenet **Louis XIV**, à draperies.

591 — Chenet **Louis XIV**, à vase.

D'après BERAIN.

592 — Grand Chenet **Louis XIV,** vase à masques.

Collection Richard WALLACE.

593 — Chenets **Régence,** chameau.

594 — Chenets **Régence,** sphynx à écusson.

595 — Chenet **Régence,** à dragon, pied à palmette.

596 — Grand Chenet **Louis XV,** Enfant villageois.

597 — Grands Chenets **Louis XV,** Pluton et Proserpine. Chien et chats. Vase.

598 — Chenets **Louis XV,** Camargo.

599 — Chenet **Louis XV,** palmier à balustres.

600 — Chenet **Louis XV,** rocaille à graines.

601 — Chenet **Delafosse,** à Chinois et Chinoise.

602 — Chenet **Delafosse,** vase à canaux.

603 — Gros Chenet **Delafosse,** à vase, à griffes de lion et guirlande de laurier, socle à canaux et à frise saillante.

604 — Chenets **Delafosse,** à enfants, socle à quatre consoles.

605 — Grand Chenet **Louis XVI**, à cassolettes, gaine à têtes de lion.

606 — Petit Chenet **Louis XVI,** à rinceaux et tête de Cérès.

607 — Chenet **Louis XVI,** à vase, sur quatre pieds de biche, à rinceaux.

608 — Chenets **Louis XVI,** forme tabouret, Enfants guerriers.

609 — Chenets **Louis XVI,** Enfants à rinceaux.
Collection du Mobilier National.

610 — Grand Chenet **Louis XVI,** à cassolette centrale, frise à chute de lierre.

VASES ET MONTURES

611 — Monture **Louis XV,** pour buire, anse feuilles et roseaux.

612 — Monture **Louis XV,** à deux anses, pour vase porcelaine.
Château de Trianon.

613 — Monture **Delafosse,** pour vase onyx, anse à grotesque.
Mobilier National.

614 — Grand Vase **Delafosse,** anse à roseau et bouton
grenade.

Mobilier National.

615 — Buire par **Delafosse,** guirlande laurier et grecque.

616 — Monture **Louis XVI**, pour jardinière, deux
chimères chinoises.

617 — Monture **Louis XVI,** à enfants pipeaux, pour
vase à long col.

618 — Monture **Louis XVI,** pour vase, anses tête de
coq.

619 — Monture **Louis XVI**, à figure d'homme et socle
palme, pour grenouille.   .

620 — Monture **Louis XVI,** trois petits chinois portant
un vase.

621 — Monture **Louis XVI**, pour vase, pied quatre
consoles, guirlande de laurier.

Château de Chantilly.

622 — Vase à tête de **Bélier** et frise rinceaux, acanthe.

Mobilier National.

623 — Monture **Louis XVI,** pour coupe, pied trois
dauphins, anses serpents.

624 — Jardinière **Louis XVI,** carrée, quatre griffes à
laurier, collerette à jours.

625 — Monture **Louis XVI,** pour vase, anse petits faunes et rinceaux.

626 — Monture **Louis XVI,** pour vase à quatre lobes; enfants plongeant, pied quatre sabots de béliers.

627 — Monture de coupe **Louis XVI,** figure de Naïade.

628 — Vase **Louis XVI,** pied carré, anse tête de faune.

629 — Monture **Louis XVI,** à trois consoles, griffes de lion et frise courant, laurier à jours, bouton feuille d'acanthe.

Musée du Louvre.

630 — Monture **XVI,** pour gros barils porcelaine, anse tête de lion.

Grand Trianon.

631 — Grandes Cassolettes **Louis XVI,** guirlandes de vignes, trépieds à tête de satyre.

Par Gouthière.

ENCRIERS

632 — Plateau porte-mouchettes **Louis XIV.**

633 — Écritoire **Régence,** à deux godets, patin à mascarons.

634 — Encrier **Louis XVI,** vase ovale.

635 — Grand Encrier **Louis XVI,** groupe Neptune.

MEUBLES DE STYLE

BUREAUX, COMMODES, CONSOLES, MEUBLES, SECRÉTAIRES
TABLES, ETC.

BUREAUX

---

636 — Grand Bureau **Louis XIV,** à mascarons.

Par BOULE.

637 — Grand Bureau **Louis XV,** du Roi.

Musée du Louvre.
Par DUPLESSIS, HERVIEUX, ŒBEN, RIESENER.

638 — Petit Bureau plat **Louis XV,** deux tiroirs en bout.

639 — Petit Bureau **Louis XV,** à dos d'âne, chûte à palmette.

640 — Bureau plat **Louis XV,** chute à coquilles.
Même modèle plus petit.

Ministère de la Marine.

641 — Grand Bureau **Louis XVI,** cylindre à lame; pied à griffe.

Ministère des Finances.
De RIESENER.

642 — Bureau à casier et Table **Louis XVI,** frise à
entrelacs.

643 — Grand Bureau plat **Louis XVI,** pied gaine carrée
et tête de lion.

Château de Compiègne.

COMMODES

644 — Commode **Régence**. chute à fond quadrillé.

645 — Commode **Louis XVI,** à arc, grand motif de
milieu à flèche.

646 — Commode **Louis XVI,** panneau à losange coté
fleurdelysé.

Mobilier National.
Trianon.

CONSOLES

647 — Console **Louis XV**, à tête d'éléphant.

648 — Console **Régence**.

649 — Console **Louis XVI,** à tête de bélier.

650 — Console **Louis XVI,** jambage oiseaux pour laque.

651 — Lot de quatre Consoles à gaines appliques : **Les Quatre Saisons.**

MEUBLES

652 — Meubles **Louis XV,** à un et deux corps, avec bras de lumières.

653 — Meuble d'appui **Delafosse,** à face galbée, panneau marqueterie.

654 — Meuble coffre à bijoux **Delafosse,** chûte à feuille d'acanthe.

655 — Grand Meuble **Louis XVI,** à deux corps, pied galbé, à tête de bélier.

656 — Meuble **Louis XVI,** panneau à glace, grande frise à draperie.

Château de Versailles.

657 — Meuble d'entre-deux **Louis XVI,** à trois portes, pilastre d'angle rond.

Par Riesener.

658 — Deux Meubles d'entre-deux **Louis XVI,** cadre, porte à losange, deux motifs de milieu.

MEUBLES DIVERS

659 — Grand Meuble **Louis XIV**, Hercule et Victoire.

Galerie d'Apollon.

660 — Petit Médailler **Louis XIV**.

Galerie d'Apollon.

661 — Grand Meuble **Louis XVI,** cariatides à deux corps.

Collection SEYMOUR.

662 — Console **Louis XVI,** à coins ronds, frise entre-lacée.

Par RIESENER.

663 — Tricoteuse **Louis XVI,** corbeille à entrelacs.

SECRÉTAIRES

664 — Secrétaire **Louis XVI**, à consoles feuilles d'acanthe et frise à rosaces.

Par RIESENER.

Musée des Arts décoratifs.

665 — Secrétaire **Louis XVI**, cadre à perles, bagues unies.

Mobilier national.

TABLES

666 — Petite Table **fin Louis XV,** chûte à guirlande de laurier, tablette rognons.

667 — Petite Table **Louis XV,** chûte à piastre, tirette à rosace.

668 — Table carrée **Louis XVI,** pied rond à canaux et tigette.
        Mobilier national.

669 — Table ronde **Louis XVI,** trépied bambou et Enfant porteur.
        Par JACOB.

670 — Petite Table **Louis XVI,** frise à grecque.

671 — Petite Table **Louis XVI,** à chûte tête de vieillard.

672 — Table **Louis XVI,** à coins ronds, tablier frise à corne d'abondance.

673 — Table **Louis XVI,** tablier à frise feuilles d'acanthe, pied gainé carré à perles, marqueterie Triomphe de l'Amour.
        Par RIESENER.

674 — **Guéridon** octogone, quatre pieds, gaine carrée, entre-jambe vase à flammes.

Transformation pour pieds ronds avec consoles.

675 — Table à ouvrage **Louis XVI.**

DE RIESENER.

CADRES

676 — Petit Cadre **Louis XV**, à palmettes et coquillés.

677 — Petit Cadre **Louis XVI**, à fronton couronne de roses et branches lauriers.

678 — Cadre rectangulaire **Louis XVI,** entrelacs jasmin et roses.

MODÈLES POUR ORFÈVRERIE

679 — **Miroir** à guirlandes de fleurs, cartouche uni à la base.

680 — Plateau **Louis XV,** ovale, à palmettes.

681 — Plateau **Louis XV,** de forme contournée, à coquille et ajours.

DIVERS

682 — Grande Glace **Louis XIV,** à masque de Minerve
et pilastre à chapiteau.

683 — Grand Encadremement de glace **Louis XIV**.

684 et suivants — Objets non compris au présent
Catalogue.